跟着古诗词去旅行

天府之国篇

苏莫女/编著
蒋文婕/绘

SPM 南方出版传媒
全国优秀出版社 全国百佳图书出版单位 广东教育出版社
·广州·

图书在版编目（CIP）数据

跟着古诗词去旅行.天府之国篇 / 苏莫女编著；蒋文婕绘．—广州：广东教育出版社，2019.10
ISBN 978-7-5548-2811-3

Ⅰ.①跟…　Ⅱ.①苏…②蒋…　Ⅲ.①古典诗歌—诗集—中国　Ⅳ.①I222

中国版本图书馆CIP数据核字（2019）第088011号

责任编辑：郝琳琳　巢　琳　柴　瑶
责任技编：涂晓东
装帧设计：邓君豪

GENZHE GUSHICI QU LÜXING　TIANFUZHIGUO PIAN
跟着古诗词去旅行　天府之国篇
广东教育出版社出版发行
（广州市环市东路472号12-15楼）
邮政编码：510075
网址：http://www.gjs.cn
广东新华发行集团股份有限公司经销
广州市岭美文化科技有限公司印刷
(广州市荔湾区花地大道南海南工商贸易区A幢)
889毫米×1194毫米　24开本　5.25印张　115 000字
2019年10月第1版　2019年10月第1次印刷
ISBN 978-7-5548-2811-3
定价：36.00元
质量监督电话：020-87613102　邮箱：gjs-quality@nfcb.com.cn
购书咨询电话：020-87615809

目录

四川 名正言顺的诗歌之乡

重庆 大山大水见诗情

四 川

名正言顺的诗歌之乡

写在旅行前

四川，天府之国。到四川来能玩什么呢？

吃火锅，喝盖碗茶，看川剧，逛宽窄巷子，游川西……

你看，都是生活，缠绵的、热烈的、明朗的、美好的生活。

这就是四川的模样吧。

作为黄河和长江共同流经的两省之一，

四川沉淀下来的，更多是富饶和安逸，

虽然少了些许雄壮，倒也不乏力量。

四川的古诗词之旅，便是这样一种状态：温柔而有力量。

四川是名副其实的诗歌之乡，不仅盛产诗人，也盛产诗情。

李白诗词中的四川是浪漫担当、新奇担当、豪情担当和理想担当。

出蜀入世的兴奋与自信，在他的诗里处处可见，

虽有《蜀道难》的兴叹，但诗里行间难掩其豪放清丽的气质。

李白在四川江油生活读书，

他访名士，游山水，必经川蜀，心怀家乡之美，眼看诗和远方。

所以，李白诗里的四川，是一个即将出走半生的少年，意气风发。

杜甫流传最盛的诗歌多数也写于川地。

安史之乱后，杜甫避难于四川成都，

杜甫诗里的四川，有了更多的责任、忧愁、悲悯和大道至简的生活情趣。

杜甫在四川生活，住在茅草屋里，

他写音乐，写去邻居家赏花，写窗外的景色，写春雨，写历史……

在杜甫的眼里，四川宛如一个中年知己，

寄托着他未酬的壮志、历史的咏怀，以及偶尔的生活乐趣。

唯美的四川也让李商隐、刘禹锡、杜光庭驻足，留下不朽诗篇。

开启四川的古诗词之旅，

我们可以把李白、杜甫等诗人的足迹，

融进我们的旅行路线，来认识这些伟大的诗人，

带小朋友来感受，来体验，

剩下的那些诗意，生活自会教给他。

旅行路线图

阿坝藏族羌族自治州
乐山市

第一站：成都市

春夜喜雨

唐 · 杜甫

好雨知时节，当春乃发生。
随风潜入夜，润物细无声。
野径云俱黑，江船火独明。
晓看红湿处，花重锦官城。

赠花卿

唐 · 杜甫

锦城丝管日纷纷，
半入江风半入云。
此曲只应天上有，
人间能得几回闻。

江畔独步寻花七绝句（其六）

唐 · 杜甫

黄四娘家花满蹊，
千朵万朵压枝低。
留连戏蝶时时舞，
自在娇莺恰恰啼。

蜀 相

唐 · 杜甫

丞相祠堂何处寻？锦官城外柏森森。
映阶碧草自春色，隔叶黄鹂空好音。
三顾频烦天下计，两朝开济老臣心。
出师未捷身先死，长使英雄泪满襟。

绝句四首（其三）

唐 · 杜甫

两个黄鹂鸣翠柳，
一行白鹭上青天。
窗含西岭千秋雪，
门泊东吴万里船。

春夜喜雨

唐·杜甫

好雨知时节，
当春乃发生。

这一场雨好像知道时节似的，
在春天万物萌生的时候到来。

随风潜入夜，
润物细无声。

雨随着风悄悄地在夜里下起来，
无声无息地滋润着万生万物。

野径云俱黑，江船火独明。

田野小路和夜空一片昏黑，只有江上的小船灯火通明。

晓看红湿处，
花重锦官城。

清晨看着被雨水润湿的花丛，娇美红艳，
整个锦官城变成了繁花盛开的世界。

认识杜甫

姓名：杜甫

字：子美

号：少陵野老

别称：诗圣

出生时期：唐朝

代表作品：《望岳》《登高》《茅屋为秋风所破歌》等

作品特点：

1. 语言风格沉郁顿挫。
2. 讲求炼字炼句，对仗工整。
3. 内容大多反映当时的社会面貌。
4. 能灵活运用叙事或议论等多种表达方式。

春雨贵如油

春雨贵如油，意思是春天下的雨像油一样珍贵，出自明朝学士解缙的《春雨》：“春雨贵如油，下得满街流，滑倒解学士，笑坏一群牛。”

春雨在什么情况下贵如油呢？春季紧跟着秋、冬两个少雨季节，由于土壤墒情不好，往往容易形成冬春连旱；春季正是越冬作物如冬小麦从开始返青到乳熟的时期，需要足够的水。玉米、棉花等，从播种到成苗，也需要充足的水分，因而使春旱更显得突出；另外，西北、华北的春季，气温回升较快、有风天多，在阳光照射下，土壤水分蒸发强烈，水分散失严重。由于上面这些情况，雨水自然就显得特别宝贵，故有“春雨贵如油”之说。

成都习俗：人日游草堂

传说女娲初创世，在造出了鸡狗猪羊牛马等动物后，第七天也就是正月初七造出了人，这一天也就成为人类的生日，称为“人日”。

成都人日游草堂的习俗从何而来呢？这要从杜甫和高适的友情说起。高适晚年异地为官，正逢人日，思念家乡，想念朋友，便作诗《人日寄杜二拾遗》给杜甫，诗中写道：“人日题诗寄草堂，遥怜故人思故乡”“今年人日空相忆，明年人日知何处”。杜甫读到此诗非常感动。

后来，杜甫年老病重，离开成都，高适也已去世。重读此诗，杜甫感世伤怀，写下《追酬故高蜀州人日见寄》一诗寄托哀思。

清代著名学者何绍基熟知高适和杜甫人日唱和的典故，特地于人日来到成都草堂祭拜杜甫，并题“锦水春风公占却，草堂人日我归来”对联。此联一出，震动文坛，墨客骚人竞相效仿，于每年人日云集草堂，挥毫吟诗，凭吊诗圣。此后，这一由文人墨客倡导发起、民众广泛参与的文化活动逐渐演变成成都独有的一项民俗文化活动。

杜甫草堂

杜甫草堂位于成都浣花溪畔，是诗人杜甫流寓成都时的故居。杜甫在此居住近四年，创作了上百首诗歌，杜甫草堂被视为中国文学史上的“圣地”。现今的杜甫草堂是经宋、元、明、清多次修复而成。

从正门进入后，大廨、诗史堂、工部祠三座主要建筑物由南至北依次排列于中轴线上。工部祠的东北部，是少陵碑亭和杜甫当年的茅屋故居，茅屋以东是盆景园，往南依次是浣花祠、花径、大雅堂和靠近南门的草堂陈列室。

茅屋故居是杜甫草堂的标志性建筑，通过借鉴川西民居的特点复建而成。茅屋东侧的盆景园内，有1999年建成的杜诗书法木刻廊，陈列着百余件杜诗书法木刻作品，其中有“杜诗绝唱、书法绝品、楠木绝材、刻工绝活”四绝。

1961年3月4日，国务院将杜甫草堂列入第一批全国重点文物保护单位名单。

赠花卿

唐·杜甫

锦城丝管日纷纷，
半入江风半入云。

锦城里的乐曲一天到晚响个不停，
一半随着江风飘去，一半飘入了云端。

此曲只应天上有，
人间能得几回闻。

这样的乐曲只有天上才会有，
人世间哪能听见几回。

中国古代十大乐器

琵琶　箫　笛

瑟　二胡　琴　埙

笙　编钟　鼓

高山流水

高山流水这个成语常用来比喻乐曲美妙或知音难觅，来源于俞伯牙和钟子期的故事。

相传俞伯牙擅长弹琴，而钟子期擅长听琴，伯牙弹奏一首赞美高山的曲调，子期便说道："好！好！雄伟而庄重，我仿佛看到了巍峨的高山！"伯牙再弹奏一首表现奔腾波涛的曲调，子期又说："好！好！宽广浩荡，好像看见滚滚的流水、无边的大海一般!"子期每次都能准确地道出伯牙所弹所思。待子期死后，伯牙砸烂了自己的琴，终身不再弹琴。

"知音"一词也来源于此，后人常用知音来形容朋友之间的情谊。

“锦城”和“锦官城”

锦城和锦官城，都是成都的别称。成都是一座有着几千年历史的美食之城，弥漫着火锅的香味，除了火锅，成都的美味小吃数不胜数：担担面、夫妻肺片、三大炮、伤心凉粉、龙抄手……包你吃得满意。

除了各种美食，成都还有许多美景值得一去：道教名山青城山、成都大熊猫繁育研究基地、热闹繁华的特色商业街春熙路、清朝古街道宽窄巷子、天然的影视摄影基地黄龙溪古镇。

锦　里

来到成都，在锦里的街头走一走，感受锦里古街的独特魅力。锦里位于成都市中心，集旅游购物和休闲娱乐于一体，是体验三国文化与成都民俗的魅力街区。

游锦里，逛商店，有筷子、茶叶、灯笼、蚕丝被等特色产品可供挑选；游锦里，品小吃，有张飞牛肉、三大炮、肥肠粉、甜水面、凉面、卤菜、撒尿牛丸、荞麦面、牛肉豆花、钵钵鸡等，令人垂涎欲滴；游锦里，看看手艺人的“演出”，捏泥人，画“糖画”，剪剪纸，也是极妙的体验。

江畔独步寻花七绝句（其六）

唐·杜甫

黄四娘家花满蹊，

黄四娘家周围的小路开满了鲜花，

千朵万朵压枝低。

一朵又一朵的花把花枝都压得低下了头。

留连戏蝶时时舞，

嬉闹的蝴蝶恋恋不舍地盘旋飞舞，

自在娇莺恰恰啼。

枝上的黄莺自由自在地唱着欢快的歌。

浣花溪的美丽传说

相传很久之前，浣花溪边上住着一位美丽善良的妇人。有一天，一个癞头和尚路过，不小心跌进水里，沾了一身泥。他请求路人帮他清洗衣服，但没有人愿意帮他。只有这位美丽的妇人没有嫌弃和尚，欣然应允，把他的衣服拿到溪里去洗。在妇人洗衣服的时候，水里慢慢浮起朵朵莲花，渐渐地，美丽的莲花开满了整条小溪。因此，人们把这条小溪叫作浣花溪。

浣花溪公园

浣花溪公园是成都市的五星级公园，紧邻杜甫草堂和四川省博物馆，是一座自然景观和城市景观、古典特色和现代风格相结合的城市公园。

浣花溪公园最独特的风格，在于无处不在的诗情画意。从公园南大门起，在长达388米的诗歌大道上，不规则地镌刻着历代诗人的著名诗句，展示着中国诗歌的发展史。诗歌大道的两侧，以雕塑的形式展示着“三曹”（曹操、曹植、曹丕）、“初唐四杰”（王勃、卢照邻、杨炯、骆宾王）、“三苏”（苏洵、苏轼、苏辙）等多位杰出诗人的形象，大道尽头矗立着屈原、李白、杜甫三位中国最伟大的诗人的雕像，彰显着浓厚的中国诗歌文化。

蜀相

唐·杜甫

丞相祠堂何处寻？
锦官城外柏森森。

诸葛丞相的祠堂在哪里呢？
就在成都城外柏树繁茂的地方。

映阶碧草自春色，
隔叶黄鹂空好音。

祠堂门前台阶上的青草自顾自地绿成春天的颜色，树叶后面的黄鹂空有一副好听的嗓音。

三顾频烦天下计，两朝开济老臣心。

为了天下大计，刘备三顾茅庐，请诸葛亮出山。诸葛亮出山后，辅佐先主开国，扶助后主继业，鞠躬尽瘁，忠心耿耿。

出师未捷身先死，
长使英雄泪满襟。

率兵出征，还未取得最后胜利却不幸病逝，后世英雄每每想起，都不禁落泪。

三顾茅庐

东汉末年，地方割据，国家战乱不断。刘备听说隐居在隆中的诸葛亮才智卓绝，得到他的辅佐可以一统天下，便带着兄弟关羽、张飞到诸葛亮的茅庐拜访。第一次去，诸葛亮恰好出游了。几天后，刘关张三兄弟冒着大雪第二次去拜访，诸葛亮依旧不在家。又过了一段时间，刘备再去请诸葛亮，三人到茅庐时，诸葛亮正在睡觉。刘备不敢惊动，在门口静候，一直到诸葛亮醒来，才前去请教。诸葛亮被刘备的礼贤下士和远大志向打动，决定出山全力帮助刘备平定天下。

后人用三顾茅庐来比喻真心诚意、一再邀请。

武侯祠

成都武侯祠，位于四川省成都市南门武侯祠大街，为纪念刘备、诸葛亮等蜀汉英雄而建，是全国唯一的君臣合祀祠庙，享有“三国圣地”的美称。从武侯祠大门进入，沿线可见汉昭烈庙、唐碑、文臣武将廊、刘备殿、诸葛亮殿、三义庙、惠陵、红墙夹道等。武侯祠紧挨着锦里古街，参观完武侯祠后，还可以去锦里古街感受成都的民俗文化。

除与三国文化相关的景点外，柏树也是武侯祠的一个重要标志。武侯祠中原有两棵古柏，相传为诸葛亮所种，叫作“双文柏”。虽然年代太久，这两棵古柏已经不见了，但武侯祠依然延续了种植柏树的传统，依旧可见“锦官城外柏森森”的景象。

绝句四首（其三）

唐·杜甫

两个黄鹂鸣翠柳，

两只黄鹂在翠绿的柳枝间鸣叫，

一行白鹭上青天。

一行白鹭飞向湛蓝的高空。

窗含西岭千秋雪，

西岭雪山的美景仿佛嵌在窗里，

门泊东吴万里船。

门口停泊着往来东吴的船只。

诗歌体裁“绝句”

绝句，是近体诗的一种体裁，由四句组成，按每句字数，可分为五言绝句、六言绝句和七言绝句，其中六言绝句较少，五言绝句和七言绝句较多。

五言绝句，如王维的《相思》：“红豆生南国，春来发几枝。愿君多采撷，此物最相思。”

六言绝句，如刘长卿的《送陆澧（lǐ）还吴中》：“瓜步寒潮送客，杨花暮雨沾衣。故山南望何处，秋草连天独归。”

七言绝句，如高适的《别董大二首（其一）》：“千里黄云白日曛，北风吹雁雪纷纷。莫愁前路无知己，天下谁人不识君。”

西岭雪山

西岭雪山位于四川省成都市大邑县境内，从成都市中心乘车约3个小时可抵达。在西岭雪山景区内，可以参观熊猫林、阴阳界、杜甫亭等景点。

西岭雪山在不同的季节有着不同的风貌。春季，漫山遍野的杜鹃花，种类繁多，多姿多彩，杜鹃花香陪伴游客游览全程。夏季的西岭雪山，空气清新，气候宜人，是休闲、避暑的好地方。秋季，层层叠叠的红叶，若再遇上山中的薄雾，这景象让人如痴如醉。冬季自然是一派冰雪王国的场景，滑滑雪、看看景，让人流连忘返。

互动任务单

和爸爸妈妈一起在成都的街头走一走，感受成都的魅力。

第二站：绵阳市

夜雨寄北

唐 · 李商隐

君问归期未有期，
巴山夜雨涨秋池。
何当共剪西窗烛，
却话巴山夜雨时。

闻官军收河南河北

唐 · 杜甫

剑外忽传收蓟北，
初闻涕泪满衣裳。
却看妻子愁何在，
漫卷诗书喜欲狂。
白日放歌须纵酒，
青春作伴好还乡。
即从巴峡穿巫峡，
便下襄阳向洛阳。

读书台

唐 · 杜光庭

山中犹有读书台，
风扫晴岚画障开。
华月冰壶依旧在，
青莲居士几时来。

夜雨寄北

唐·李商隐

君问归期未有期，

你问我什么时候回来，我也无法确定，

巴山夜雨涨秋池。

巴山的夜雨淅淅沥沥，秋天的池塘都涨满了水。

何当共剪西窗烛，

等我哪一天回到家乡，
当与你在西窗下一边剪烛一边谈心，

却话巴山夜雨时。

那时我定要好好跟你说说，
此刻我是如何听着绵绵夜雨，思念着你。

剪烛

古代人们使用的照明工具主要是油灯和烛灯两种。

油灯的灯芯大多用灯芯草、纱或者棉线做成，时间一久，灯芯燃烧而成的灰烬便会结成灯花，如南宋诗人赵师秀的《约客》一诗中有：“有约不来过夜半，闲敲棋子落灯花。”

为了使灯火更亮，常需要拨动灯花，这称为“挑灯”。如南宋陆游《冬夜读书》一诗中提到：“挑灯夜读书，油涸意未已。”

随着燃烧时间越来越久，露出的灯芯会越来越长，这时只“挑灯”是不够的，还要“剪灯”——用剪刀剪掉露出的灯芯。如果使用的是蜡烛，则称为“剪烛”。成语“剪烛西窗”原指思念远方的妻子，盼望相聚，后泛指亲友相聚，促膝长谈。

绵阳市三台县

据考证，《夜雨寄北》一诗是李商隐被贬梓州（今四川省绵阳市三台县）时所作。

三台县始源于春秋时期的郪国，迄今已有2700余年历史，文化璀璨，隋唐时期为梓州，宋元时期为潼川府，明时期为潼川州，清时期为三台县。

三台县的自然人文景点丰富，有郪江古镇、道教圣地云台观、西平古镇、鲁班湖、琴泉寺等。尤其是每年农历五月二十八日，郪江古镇举办的独特盛大的郪江城隍庙会，可以让我们在古街、古树、古庙、古桥的环境中，感知千年前的郪江韵味。

闻官军收河南河北

唐·杜甫

剑外忽传收蓟北，
初闻涕泪满衣裳。

剑门关外忽然传来官军收复蓟北的消息，听到这个喜讯时，我悲喜交加，泪水打湿了整个衣衫。

却看妻子愁何在，
漫卷诗书喜欲狂。

回头看看妻子和儿女，他们也一扫愁云，我随手收拾起行李和诗书，全家都欣喜若狂。

白日放歌须纵酒，
青春作伴好还乡。

外面阳光灿烂，我一边唱歌一边喝酒，
趁着明媚的春光与妻儿一同返回家乡。

即从巴峡穿巫峡，
便下襄阳向洛阳。

即刻从巴峡启程，穿过巫峡，
经过襄阳后又直奔洛阳。

安史之乱与杜甫

安史之乱是指由唐朝将领安禄山和史思明发动的叛乱，因此次叛乱爆发于唐玄宗天宝年间，故也称为天宝之乱。安史之乱耗时八年才得以平定，战乱使得唐朝人口大量减少，国力锐减，人民生活艰难。

杜甫经历了整个安史之乱，在这期间，他的身心饱受折磨，无奈弃官，携家人逃难，在成都过了一段较为安定的日子，后因蜀中军阀作乱，他又漂泊至梓州、夔州，最后漂泊至湖北、湖南一带，据说最终病死在湘江上。这样的经历，使得他的诗歌具有浓厚的时代色彩和写实风格，贯穿着忧国忧民的思想情感，因而他的诗也被称为“诗史”。

三台梓州杜甫草堂

三台梓州杜甫草堂，是杜甫流寓梓州时的居所，位于三台县牛头山公园内，是继成都杜甫草堂后的四川第二大杜甫纪念堂。

草堂内设有诗史堂，诗史堂内陈列着杜甫铜像，各个时期咏叹杜甫的书画名作，宋、元以来多种版本的杜甫诗集、研究专刊、研究成果等。流连其中，见证唐朝由盛转衰的历程，感受杜甫流寓梓州的生活，体会杜甫爱国爱民的情感。

读书台

唐·杜光庭

山中犹有读书台，

李白的读书台依旧坐落在小匡山中，

风扫晴岚画障开。

山林中的雾气慢慢地被微风吹散，被太阳化开，读书台如山水画一般出现在眼前。

华月冰壶依旧在，

夜晚，皎洁的月亮依旧悬挂在天空，

青莲居士几时来。

青莲居士什么时候来呢？

青莲居士

姓名：李白

字：太白

号：青莲居士

别称：诗仙

出生时期：唐朝

代表作品：《静夜思》《蜀道难》《将进酒》等

作品特点：

1. 语言风格或豪迈奔放，或清新飘逸。

2. 不拘于声律，更近于散文。

3. 内容大多讴歌祖国山河的美丽风光。

4. 具有鲜明的浪漫主义特色。

美丽江油

江油市历史悠久，著名的唐代诗人李白曾在此地生活多年，留下许多诗篇和故事，因此，江油市有着浓厚的李白文化和诗歌情怀，也有着许多与李白相关的风景名胜。

1. 李白读书台，位于江油市小匡山，因李白年少时在此读书而得名。

2. 李白故居风景名胜区，位于江油市青莲镇，主要景点有太白碑林、陇西院等。

3. 李白纪念馆，位于江油市北郊昌明河畔，有太白书屋（李白生平陈列馆）、太白堂、古风堂（江油历史文物陈列厅）、杜甫堂、诗苑等游览景点。

互动任务单

参观李白和杜甫的故居，拍张照片贴在下面留作纪念吧。

第三站：乐山市

峨眉山月歌

唐·李白

峨眉山月半轮秋，
影入平羌江水流。
夜发清溪向三峡，
思君不见下渝州。

峨眉山月歌

唐·李白

峨眉山月半轮秋，
影入平羌江水流。

秋天的晚上，半轮明月高高悬挂在峨眉山前，平羌江流动的水面倒映着月影。

夜发清溪向三峡，
思君不见下渝州。

夜间乘船出发，离开清溪直奔三峡，
想你却难相见，只能依依不舍顺江去往渝州。

古人的字、号是如何取的

古时候的人，除了名外，还会取字和号。

名一般由长辈来取。字主要是对名内涵的延伸，可以与名的意思相同、相近、相反或者互补。号可以有多个，主要表达自己的志趣，可以用作文章、字画、书籍等作品的署名，有以山水、地点取号，或以自我性情取号等方式。

长辈称呼晚辈一般直呼姓名，晚辈自称时，多用名；同辈之间，通常称字；文人雅士之间，常以号相称。

如李白，字太白，号青莲居士；

杜甫，字子美，号少陵野老；

白居易，字乐天，号香山居士；

欧阳修，字永叔，号醉翁，晚年又号六一居士；

苏轼，字子瞻，号东坡居士。

李白——为你写诗

诗仙李白一生曲折传奇，诗歌创作成就非凡，其中写给友人的诗歌，是一道不可忽略的风景。

写给孟浩然的诗《赠孟浩然》：吾爱孟夫子，风流天下闻。

写给杜甫的诗《沙丘城下寄杜甫》：思君若汶水，浩荡寄南征。

写给王昌龄的诗《闻王昌龄左迁龙标遥有此寄》：我寄愁心与明月，随风直到夜郎西。

写给汪伦的诗《赠汪伦》：桃花潭水深千尺，不及汪伦送我情。

写给贺知章的诗《对酒忆贺监二首（其一）》：金龟换酒处，却忆泪沾巾。

峨眉天下秀

峨眉山是中国四大佛教名山之一，位于四川省乐山市峨眉山市境内，素有“峨眉天下秀”之称。

作为世界遗产，峨眉山是不可错过的旅行胜地，等日出、赏云海、观佛光、看圣灯、戏顽猴，都是绝妙的体验。峨眉山的四季都有着独特的风光：春季，到峨眉山观赏杜鹃花，在花海中漫步，如游仙境；夏季，沿着清音阁、九老洞、洗象池一线入山探幽，在一片绿意盎然中，感受峨眉山的清凉幽静；秋季，峨眉山金黄黛绿，散散步，喝喝茶，在漫不经心间享受大自然的美妙；冬季，陶醉在圣洁的白色世界里，感受不一样的婉约和灵动。

乐山大佛

乐山大佛，又名凌云大佛，位于乐山市南岷江东岸凌云寺南侧。乐山大佛是一尊弥勒佛像，高71米，头宽10米，脚背上可坐百余人，面临长河正襟危坐。整个佛像依崖而凿，佛像身体呈红褐色，经上千年风吹雨打，有的地方长满了绿色的青苔，年代感十足。

除乐山大佛外，乌尤山、凌云山、龟城山等连在一起，组成了形态逼真的巨型睡佛。而乐山大佛恰好端坐在巨型睡佛的心脏位置，正符合“心即是佛”的寓意，形成“佛中有佛”的奇观，增添了神秘的色彩。

互动任务单

和爸爸妈妈一起在地图上标出李白主要游览的城市。

第四站：阿坝藏族羌族自治州

浪淘沙九首（其一）

唐 · 刘禹锡

九曲黄河万里沙，
浪淘风簸自天涯。
如今直上银河去，
同到牵牛织女家。

浪淘沙九首（其一）

唐·刘禹锡

九曲黄河万里沙，

万里黄河弯弯曲曲挟带着泥沙，

浪淘风簸（bǒ）自天涯。

来自天边的黄河波涛滚滚，河中黄沙上下簸动。

如今直上银河去，

现在我们可以沿着黄河径直到天上的银河，

同到牵牛织女家。

一起去拜访牛郎和织女的家。

刘禹锡

姓名：刘禹锡

字：梦得

别称：诗豪

出生时期：唐朝

代表作品：《陋室铭》《竹枝词》《乌衣巷》等

作品特点：

1. 简洁明快，气势雄浑刚直。

2. 内涵含蓄深沉，境界开阔爽朗，情感高昂向上。

牛郎织女

相传王母娘娘有一个擅长织布的外孙女，叫作织女。有一次织女下凡到人间，遇到了放牧为生的牛郎，二人一见钟情，私订终身，过着男耕女织的生活，并生下了一儿一女。

人神恋爱违反天条。王母娘娘知道此事后，派下天兵天将把织女抓回天庭。牛郎看到妻子被抓，带着一双儿女一路追赶。眼看就要追上了，突然间出现的银河挡住了去路，织女和牛郎只得隔河相望。但他们的真挚感情感动了王母娘娘，王母娘娘破例准许二人每年七月初七在喜鹊搭成的桥上相会。

黄河九曲第一湾

黄河九曲第一湾位于四川省阿坝藏族羌族自治州的唐克镇，地处草原腹心地带。黄河九曲第一湾的日出与日落最负盛名，远远望去，黄河在阳光的照耀下，蜿蜒而行，雄浑而又从容，穿行在茫茫原野中，与辽阔蓝天相接。

索克藏寺面向黄河九曲第一湾，是藏传佛教中著名的寺院，寺院后的小山丘，是欣赏黄河九曲第一湾的最佳地点。这里的藏族民俗风情浓厚，河岸边竖起的成片经幡，也为黄河九曲第一湾增添了几分神秘色彩。

互动任务单

和爸爸妈妈一起到黄河九曲第一湾，找到最佳角度，拍一张夕阳西下的河滩美景。

重庆

大山大水见诗情

写在旅行前

千里为重，广大为庆，重庆多元化且开放。

作为长江上游的重要流域、西南地区的唯一直辖市，

重庆自有一派大山大水的气势。

又由于其地处西南要塞，重庆的现代化程度也尤其高。

客观来讲，重庆非常适合孩子来感受古诗词。

孩子依赖熟悉的环境，

重庆现代化的桥梁、轻轨、夜景以及生活方式，能给他们足够的安全感；

孩子的认知正在逐步完善，

重庆的大江大水，能帮助他们认识多维度的世界；

我们渴望孩子在行走的同时，领悟诗意，学会表达，那么刚好：

自古伴随雄壮山水，多为道路险阻之地，

亦为文人骚客好游之所、放逐之城或是英雄发源之乡，

这样的地方无不孕育了数百上千年的诗歌，等待被发现。

开启重庆的诗词之旅，

我们以奉节、巫山等地作为重点路线，

这里是重庆与古诗词联系最为密切之处，

盛产千古名篇。

且这些地方相对来说景区成熟，配套设施较为完善，

适合带孩子出行。

也希望各位父母能因此书受到一些启发，

加入一些更适合自家孩子的元素，

比如可以更多了解白帝城的前世今生，了解历史典故，

在此过程中与孩子一起查找资料，完善攻略，

如此不仅可以增加参与感，

还可让孩子感受到被尊重与认同。

旅行路线图

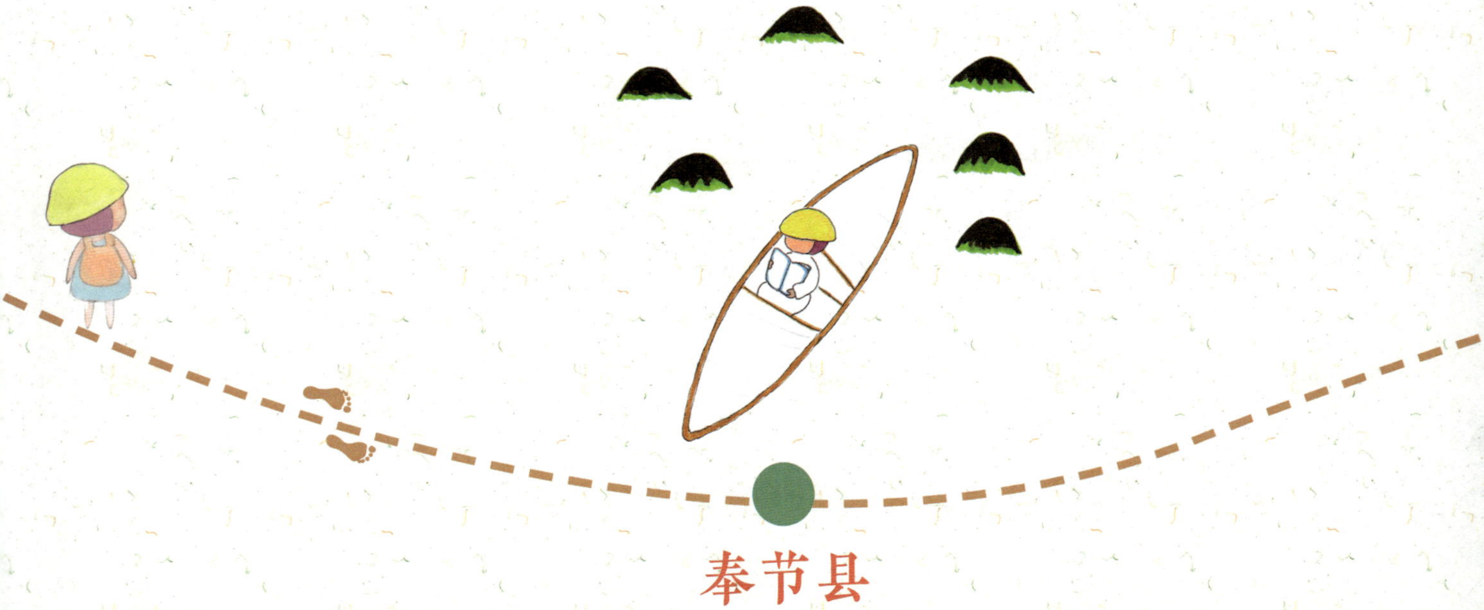

巫山县

第一站：奉节县

早发白帝城

唐 · 李白

朝辞白帝彩云间，
千里江陵一日还。
两岸猿声啼不住，
轻舟已过万重山。

竹枝词二首（其一）

唐 · 刘禹锡

杨柳青青江水平，
闻郎江上唱歌声。
东边日出西边雨，
道是无晴却有晴。

巴女谣

唐 · 于鹄

巴女骑牛唱竹枝，
藕丝菱叶傍江时。
不愁日暮还家错，
记得芭蕉出槿篱。

八阵图

唐 · 杜甫

功盖三分国，
名成八阵图。
江流石不转，
遗恨失吞吴。

早发白帝城

唐·李白

朝辞白帝彩云间，

清晨，告别彩云环绕的白帝城，

千里江陵一日还。

千里之遥的江陵，船行一日便可到达。

两岸猿声啼不住，

两岸猿声犹在耳边不停回荡，

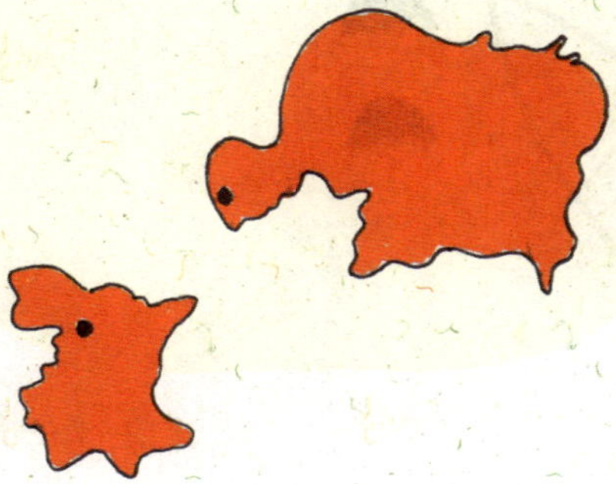

轻舟已过万重山。

轻快的小舟已穿梭过万重青山。

“朝”的成语

朝秦暮楚

战国时秦、楚两大强国对立，连年战争。周边小国为了确保自身安全和利益，有时倾向于楚国，有时依附于秦国。后人常用朝秦暮楚来形容人反复无常，三心二意。

朝不保夕

保得住早上，不一定保得住晚上。常用来形容情况危急。

朝令夕改

早晨发布了命令，晚上就改变了。形容一个人的主张和办法经常改变，一时一个样儿。

朝三暮四

原比喻聪明人善用手段，愚笨的人不善于辨别事情，后用来形容人反复无常。

朝思暮想

早晚都想念。形容时刻想念着。

“白帝城”的由来

白帝城原名子阳城，西汉末年，王莽手下大将公孙述割据蜀地，自称蜀王，并有称帝之野心。有一天，公孙述骑马来到瞿塘峡口，见地势险要，易守难攻，便扩修城垒，屯兵严防。后听闻城中有口白鹤井，时常冒出一股白色雾气，其形状宛如一条白龙，直冲九霄，公孙述故弄玄虚，称其为“白龙出井”，是他日后必然登基成龙的征兆。后来，公孙述自称白帝，并建都于此，所建城池子阳城取名“白帝城”。

白帝城 · 瞿塘峡景区

白帝城 · 瞿塘峡景区，位于重庆奉节县境内，由白帝城、瞿塘峡和夔门等组成。景区以大山、大水、大峡为特色，将自然山水和历史文化融为一体。

景区内的风雨廊桥，是白帝城与陆地的唯一连接道，通过雕刻、绘画、书法、摄影等艺术手法，展现白帝城的历史变迁；忠义广场上矗立着诸葛亮铜像，铜像后为雕刻着《出师表》的碑，纪念着“古今第一人臣”；伐吴堂的壁画勾勒了“夷陵之战”的盛大场景，并展示了三国时期的攻城武器；八阵厅中以一套地理模型和一幅浮雕描绘了诸葛亮“八阵图”的传说……

白帝城 · 瞿塘峡景区三国文化浓厚，相关景点众多，游览时可根据自己的喜好选择路线。

奉节县

奉节县位于重庆市东部，历史悠久，三峡地域特色和风俗民情浓郁，巴楚文化在此交汇，自然山水与灿烂人文在这里完美融合。

春季的奉节，生机勃勃，去鹤峰乡赏桃花和李花，去永乐镇赏油菜花；11月中旬到12月底，进入夔门，漫步瞿塘峡，漫山红叶，层林尽染；12月上旬到春节前，在奉节采摘个大皮薄、色泽鲜艳的奉节脐橙。

白帝城、夔州古城、天坑地缝、龙桥等历史悠久的景点也在随时等候着你。

竹枝词二首（其一）

唐·刘禹锡

杨柳青青江水平，
闻郎江上唱歌声。

青青的杨柳，平静的江水，
忽然听到岸上情郎熟悉的歌声。

东边日出西边雨，

就像东方出太阳，西方下雨，

道是无晴却有晴。

说它不是晴天，但它也是晴天。

竹枝词

竹枝词原是古代巴蜀地区的一种古老民歌，刘禹锡将其转变为一种诗体后，为人们所熟知并喜爱。为什么叫竹枝词呢？一种说法是巴蜀之地是大熊猫的故乡，盛产竹子，因此便将这种民歌称为“竹枝词”。

除刘禹锡外，还有许多文人也有相关竹枝词作品，如白居易的《竹枝词四首》。

竹枝词四首（其一）

瞿塘峡口水烟低，白帝城头月向西。
唱到竹枝声咽处，寒猿暗鸟一时啼。

竹枝词四首（其二）

竹枝苦怨怨何人，夜静山空歇又闻。
蛮儿巴女齐声唱，愁杀江楼病使君。

竹枝词四首（其三）

巴东船舫上巴西，波面风生雨脚齐。
水蓼冷花红簇簇，江蓠湿叶碧凄凄。

竹枝词四首（其四）

江畔谁人唱竹枝，前声断咽后声迟。
怪来调苦缘词苦，多是通州司马诗。

巧用“双关”

双关，是一种利用词的多义或同音等条件，使语句具有双重含义的修辞手法。在一定的语言环境中，可以利用双关言在此而意在彼。双关可使语言表达得含蓄、幽默，而且能加深语意，给人以深刻印象。

《竹枝词二首（其一）》中的“东边日出西边雨，道是无晴却有晴”一句便利用了双关：“晴”谐音“情”，不仅朗朗上口，而且蕴意深刻，巧妙地表达了男女的爱情，既含蓄，又明朗，升华诗意，成为千古佳句。

还有许多使用双关的诗句，如李白《春夜洛城闻笛》中：“此夜曲中闻折柳，何人不起故园情”，“柳”可理解为“留”；李商隐《无题》中：“春蚕到死丝方尽，蜡炬成灰泪始干”，“丝”可以理解为“思”。

白帝城竹枝园

在白帝城上有一处富有巴蜀文化特色的旅游景观——竹枝园。竹枝园主要有三处景观：

①矗立着曾经的夔州刺史刘禹锡塑像的竹枝楼。

②集中展出三峡木石雕刻艺术的木石艺术馆。木石艺术馆中陈列的作品大气磅礴，树根雕、阴沉木雕等都以雕刻的形式展现着强烈的生命力。

③有着“天下第一碑林”之称的竹枝词碑廊。竹枝词碑廊的作品均从夔州竹枝词中精选，作品琳琅满目。

巴女谣

唐·于鹄

巴女骑牛唱竹枝，

一个巴地女孩骑着牛，唱着竹枝词，

藕丝菱叶傍江时。

沿着开满荷花、铺满菱叶的江岸慢悠悠地回家。

不愁日暮还家错，

不用担心天黑了找不到自己的家门，

记得芭蕉出槿篱。

因为女孩记得家门口有一棵挺出木槿篱笆的芭蕉树。

“莲”和“藕”

莲花，又称为荷花、芙蓉、芙蕖，是圣洁、清廉的象征，关于莲的诗句“出淤泥而不染，濯清涟而不妖”“清水出芙蓉，天然去雕饰”等都表现了莲的神圣洁白和天然之美。

莲花的全身都是宝，如莲子（莲花的果实）和藕（肥大的地下根茎）等。藕被折断后，有许多白丝。成语“藕断丝连”就是说，藕已经折断，仍然有许多丝连着，用来比喻表面上断了关系，但实际上仍有牵连。成语“藕丝难杀”，常用来表示感情缠绵难以割断。

天坑地缝

天坑地缝位于奉节县的南部，与瞿塘峡、湖北的恩施土家族苗族自治州和巫山龙骨坡古人类文化遗址相连，吸引着海内外无数的探险家和旅行家，是度假休闲的胜地。

从奉节县城出发去往小寨村，变幻莫测的山体，飞溅岩壁的泉水，尽是神秘的气息。世界上最大的喀斯特岩溶漏斗——小寨天坑便藏身其中。天坑内壁如刀劈过一般，再沿一条羊肠小道通往坑底，有野花，有泉水，有怪石，站在坑底抬头看，一派无与伦比的景色！

天井峡地缝是一条天然裂缝，行走在其中，石林、峰林、溶洞、竖井应有尽有，神秘莫测。

八阵图

唐·杜甫

功盖三分国，

促成三国鼎立，诸葛亮有着盖世功勋，

名成八阵图。

创立的八阵图，

更是让诸葛亮名扬千古。

江流石不转，

江水时涨时落，
岸上的石头依然如故，

遗恨失吞吴。

刘备想要吞并吴国的错误决策，造成了你的千年遗恨。

三国鼎立

东汉末年，朝局动荡，群雄争霸。乱世英雄中，刘备、孙权、曹操三方实力最强。曹操在官渡大败袁绍，统一北方之后，随即挥师南下，直指刘备与孙权，意图统一天下。刘备与孙权明断时局，结成联盟，在赤壁火烧曹营。曹军丢盔弃甲，退回北方。

经此一败，曹军元气大伤，已无力灭刘吞吴，逐渐形成了魏、吴、蜀三分天下的局面，史称三国鼎立。

奉节县八阵村

八阵村位于奉节县白帝镇草堂湖北畔，紧挨白帝城。八阵村旅游资源丰富，扼守世界级景观长江三峡大门，境内瞿塘峡、夔门、草堂湖等自然景观独特，且人文底蕴厚重，杜甫文化源远流长，前有赤甲山、乌龙岭之险，后有旱八阵、水八阵之韵。

奉节的八阵图有旱八阵和水八阵之分，据说旱八阵遗址位于奉节草堂镇东处，水八阵遗址位于奉节老县城开济门外的长江沙滩上。但随着江水的上涨，水八阵已沉入江底不可见。

互动任务单

给爸爸妈妈讲一讲三国鼎立的故事。

第二站：巫山县

离思五首（其四）

唐 · 元稹

曾经沧海难为水，
除却巫山不是云。
取次花丛懒回顾，
半缘修道半缘君。

离思五首（其四）

唐·元稹

曾经沧海难为水，

观赏过波澜壮阔的大海之后，
别处的水便不值一看，

除却巫山不是云。

欣赏过巫山五彩斑斓的云，便觉得别处的云黯然失色。

取次花丛懒回顾，

即使身处万花丛中，我也懒得回头顾盼，

半缘修道半缘君。

这其中的缘由，一半是因为修道人的清心寡欲，一半是因为你。

沧 海

沧，是指暗绿色。大海因水深而呈青绿色，沧海即指大海。

曾经沧海

出自诗句“曾经沧海难为水，除却巫山不是云”。后比喻曾经经历过大场面，眼界开阔，不把平常事物放在眼里。

沧海桑田

大海变成农田，农田变成大海。形容世事多变，人生无常。或比喻世事变化很大。

沧海一粟

粟，指谷子、谷粒。大海里的一颗谷粒，形容非常渺小。

沧海遗珠

指大海里的珍珠被采珠人遗漏。常用来比喻被埋没的人才，或埋没人才。

沧海横流

指海水四处奔流。常用来比喻政治混乱，社会动荡不安。

巫山十二峰

巫山的自然风光独树一帜，著名的巫山十二峰更是其中的佼佼者。

巫山十二峰分布在长江巫峡两岸，北岸有登龙峰、圣泉峰、朝云峰、神女峰、松峦峰、集仙峰，在江上乘船可见；南岸有飞凤峰、翠屏峰、聚鹤峰可见，净坛峰、起云峰、上升峰则隐藏于岸边山后。

每年的3—5月、9—11月为游玩巫山的最佳时间，温度适宜，风景秀丽。

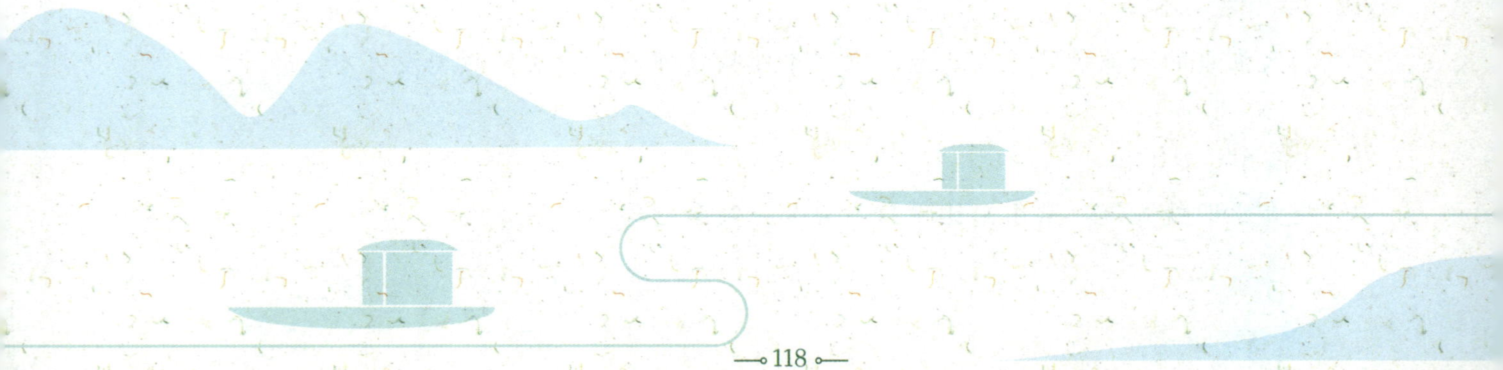

互动任务单

向爸爸妈妈表达你对他们的爱，你会怎么说呢？

古诗词小旅行

“何当共剪西窗烛”的下一句是什么

“出师未捷身先死，长使英雄泪满襟”出自杜甫的《蜀相》

“锦城”是指哪个城市

杜甫被后人称为“诗圣”

“高山流水”可用来比喻知音难觅

背诵《春夜喜雨》

“东边日出西边雨”的下一句是什么

李白，号青莲居士

“功盖三分国，名成八阵图”描写的是谁

峨眉山是中国佛四大名山之一

游戏规则：①掷骰子，根据点数从起点前进相应步数。②根据格子上的提示前进或后退。

③格子上有问题时，回答正确方可停留，回答错误需后退一格。